L'ANTI-MOINE.

Nos Numerus sumus & fruges consumere natis.

ÉPÎTRE.

AUX ETRES PENSANTS.

A Tous les Etres penfants, morts, nés & à naître, Salut, joie, bénédiction, fanté. Que chacun prenne ce qui lui convient, je ne me charge en aucune façon de faire les lots, j'aurois trop à courir. Mes chers confreres, je vous dédie l'Anti—moine, bien perfuadé qu'en votre qualité d'Etres penfants, vous penfez comme moi fur le compte de tous les faquins de Moines. Ce font tous autant de Menins de la Cour

A

de Belzebuth, qui, avec le titre de Religieux, se moquent de la Religion, & la font
servir à leurs passions : il y a bien des siécles
que cette mascarade dure, il est tems que le
Carnaval finisse. Des Serinettes humaines,
accoutumées à siffler des pensées, m'accuse-
ront peut-être d'en avoir trop dit sur leur
compte ; sont-elles faites pour penser ? Non :
doivent-elles être écoutées ? Point du tout :
Vous ne me ferez point de reproche, cela me
suffit. Vous me demanderez quel est le motif
qui m'a engagé à traiter cette matiére : l'esprit du patriotisme. La réforme des Moines
produiroit au Roi des ressources immenses,
tandis que leur existence ne produit aucun

bien. Qu'on supprime les Moines, ou , ce qui reviendroit bientôt au même , qu'il leur soit fait défense de recevoir des Religieux avant vingt-cinq ans ; qu'on donne à ceux qui existent une pension de trois cens livres ; que le Roi prenne le reste pour aider à payer les dettes de l'État & à soulager ses peuples comme il le desire : ceci joint aux autres moyens que la sagesse du ministere employe , ne tarderoit pas à liquider les dettes de la France , & nous pourrions sans Moines , plutôt que sans argent , nous rédimer des pertes que nous avons faites , & voir notre Patrie reprendre son ancienne splendeur. Mais , dirons de petits génies , ôter les

biens donnés aux Moines , ce font des biens
confacrés à Dieu même , ce feroit les profaner
que de détourner leur deftination à un autre
ufage que celui pour lequel ils ont été donnés.
Ce feroit les profaner ! Répondez-moi petits
échos monáftiques , ne font ils pas cent fois
plus profanés , ces biens ; lorfque les mêmes
Moines s'en fervent à entretenir des filles ,
à fe nourrir voluptueufement, à fe loger fplen-
didement ? voilà cependant l'emploi qu'ils
en font. Concevez donc , fi vous pouvez le
concevoir , que les Fondateurs n'ont eu
d'autre intention que d'aider des pauvres ,
à fe nourir pauvrement ; que les donations
multipliées les ont rendus riches , que les

richeſſes les ont remplis d'orgueil , & que l'orgueil a apporté dans les Cloîtres tout autant de péchés mortels que la Religion en compte , & que le cœur humain en peut contenir. J'entends un eſcadron coiffé , prendre leur défenſe , & dire : mais ils prient Dieu pour notre converſion. Allez , bonnes femmes , allez , qu'ils prient Dieu pour la leur , ils auront aſſez à faire. Si vous fondez votre ſalut ſur de ſemblables priéres , je le crois bien avanturé. De prétendus politiques viennent encore à la charge , & me diſent que les Cloîtres ſont des aſyles bien commodes pour des familles nombreuſes ou ruinées. Je n'ai qu'une demande à faire à ces Messieurs : comment fait-on dans tous les Royaumes & Républiques où le nom de Moine n'est pas connu ? D'ailleurs tout Etre pensant trouvera indigne & dénaturé à des peres & meres de forcer des enfants à s'ensévelir tous vivants dans un Monas-tére ; ils leur ont donné la naissance pour contenter leurs plaisirs, ils leur donnent la mort pour satisfaire leur cupidité : est-il rien de plus affreux ? Quand on ne retireroit de l'abolition des Moines que l'avantage d'empêcher des Citoyens d'être toute leur vie malheureux, n'est-ce pas un motif assez puis-sant pour la faire desirer ? Mais je dis plus, sans craindre de contredit, c'est qu'il y au-

roit

roit baucoup à gagner pour la Religion ;
les momeries feroient fupprimées avec leurs
Auteurs , Dieu auroit des adorateurs en
efprit & en vérité , le Roi des fujets fidèles,
l'État des Citoyens utiles , les peres des
enfants foumis , les enfants des peres tendres
& attachés , les maris des femmes chaftes ,
& la manufacture des Enfants trouvés
tomberoit au moins de moitié.

L'ANTI-MOINE.

ORgueilleux Fainéants, dont la molle indolence
Végete dans les bras d'une crâsse ignorance,
Vous qui ronflants en paix à l'ombre des Autels,
Jouiffez des travaux du refte des mortels ;
5.Frêlons du genre-humain, immortels Cénobites,
Lifez-moi fans froncer vos fourcils hypocrites ;
Déjà j'entends des voix s'élever dans les airs,
Qui condamnent au feu mes véridiques Vers,
Déjà j'entends fonner le tocfin fanatique,
10. Et nombre de Cagots me traiter d'hérétique.
Sur un fimple début s'enflammer de courroux :
C'eft mal édifiant : dévots foyez plus doux.
Quand j'aurai démontré , mes très - Révérends
      Peres ,
Que vous êtes de trop fur les deux hémifpheres ,
15. Que le bien de l'État , de la Religion,
Exigeroit de vous totale extinction ;
Qu'il n'eft plus ici-bas de fucceffeurs d'Antoine,
Que vous ne poffédez que l'efprit & la couene ,
De certain animal fale , avide , grognon ,
20.Qui jadis eut l'honneur d'être fon Compagnon:

Alors criez, alors, criez au Moinicide,
Et cherchez pour vengeur quelque nouvel Alcide;
Je vais en attendant, Messieurs les gens de rien,
M'amuser aux dépens de quiconque appartient.
25. Le tems passé n'est plus, la nouvelle est cer-
   taine,
Je la tiens d'un Gascon, d'un habitant du Maine,
D'une vieille Pucelle à qui la vétusté,
Pour cause, a fait donner le nom d'antiquité;
Et moi quoiqu'Anti - Moine, & d'ailleurs bon
   Apôtre,
30. Je me sens vétuster tout aussi bien qu'un autre.
Or donc puisque tout passe & vétuste ici-bas,
Freres, votre Institut n'est point exempt du cas.
Pour s'en convaincre il n'est que d'ouvrir la Lé-
   gende,
Des Fondateurs à vous la différence est grande;
35. Dans d'arides déserts, quels spectacles nou-
   veaux !
Je vois des corps vivants habiter des tombeaux,
Vivres d'herbes, de fruits, de feuilles, de racines,
Et se couvrir le corps de coups de disciplines ?
Pour s'habiller ainsi des chausses au pourpoin,
40. De Tailleur ni d'étoffe il n'étoit nul besoin,
Un Cordier suffisoit à toute une famille,
Et Lice étoit la peau, grace à la sainte étrille;

Auſſi, mes bons amis, dans ces ſiecles un Saint
N'étoit qu'un paquet d'os couvert d'un parchemin;
45. L'on ne connoiſſoit point chez les vrais Soli-
taires,
Ces ſuperbes Palais mal nommés Monaſteres,
Dont la magnificence & l'extrême beauté,
Font un ſi grand contraſte avec l'humilité;
Ils n'avoient ni tréſors, ni chartriers, ni titres,
50. Et l'on ne fit jamais aſſembler leurs Chapitres.
Pour pourſuivre en Juſtice un pauvre Payſan,
Qui, ſur leur Marquiſat, eût tué lievre ou faiſan;
L'euſſes-tu deviné, très-odorant Pancrace,
Que les Marquis tondus auroient des Gardes-chaſſe?
55. Des Carcans, des Priſons, des Procureurs-
Fiſcaux,
Pour ſervir de pendants à ces originaux,
Qu'on nomme des Baillis dans ton vieux Dic-
tionnaire?
Ces termes ne ſont point, je le ſais; mais qu'y
faire?
C'eſt la mode aujourd'hui. Ces Hauts-Juſticiers
60. Tranchent du Grand-Seigneur, ont leurs Offi-
ciers,
Leurs armes, en un mot toute la prétintaille
Qui ſied, on ne peut mieux, à pareille canaille:
Faut-il après cela s'étonner que l'orgueil

De tout chef enfrocqué foit l'ordinaire écueil ,
65. Et qu'un Moine forti du fein de l'indigence ,
Se faffe reconnoître à des traits d'impudence ?
Chafte à peu près comme humble , on voit un
   Capuchon ,
Faire le joli cœur , fervir de greluchon ,
Et rifquer à gagner , fauf refpect du cilice ,
70. Certain petit bobo qui rime à pain d'épice :
Sans affaire , & nourris à bouche que veux-tu ,
Bien mangeants , bien dormants , mal feffé , bien
   vêtu :
  Hélas , Pancrace ! hélas , cette chair , cet argile
Regimbe , fe fouleve & devient indocile !
75. L'on a beau méditer le profond Rodriguès ,
Sa morale à vingt ans eft du jus d'Aloès ,
Et le plus grand Docteur eft mis à la renverfe ,
Dès qu'un joli minois prêche la controverfe.
Si l'Etre fouverain formant tes penaillons ,
80. Les eût paîtris fans yeux , fans mains , fans
   orillons ,
Ou fi le faint-Capuce , avec le Scapulaire ,
Etoit un talifman de vertu finguliere ,
Qui changeât le penchant & l'inclination ,
Que tous les hommes ont pour certaine union ,
85. Je leur crierais... Tout beau... n'allez pas à la
   pomme ;

Mais ils font comme nous enfants du premier
    homme,
Et l'aiguille aimantée en tournant vers le Nord,
Apprend à tout mortel s'il a raifon ou tort.
Grand Saints, que nous fêtons dans le facré Gri-
    moire,
90. Si vous êtes inftruits au féjour de la gloire,
Combien par vos enfants il eft fait de cocus ;
Que vous devez gémir fur les mœurs des reclus,
Chaque jour, chaque inftant nouvelle hiftoriette !
Le mois paffé Cloris au fon d'une clochette,
95. Suivoit un Chévrotin égaré dans les bois ;
Elle court, elle pleure, & d'une tendre voix,
Invite l'animal à fe rendre auprès d'elle ;
Le petit ingrat, fourd aux plaintes de la belle,
S'approche, fuit, revient, & par mille détours
Vient à bout d'égarer la bergere à fon tour :
Il s'arrête à la fin... elle vole... je n'ofe
Achever le recit de la métamorphofe,
Ni peindre en quel état étoit un * * * *
Qui jouoit ce jour-là rôle de Chévrotin.
105. Paffons-leur cet article en faveur des Veftales,
Et des enfants trouvés fabriqués fans fcandales ;
Ce n'eft qu'en chiffonnant un peu le célibat,
Qu'ils fe rendent par fois utiles à l'Etat.
Car du refte à quoi bon, dites-moi je vous prie,

110. Ce tas de fainéants à charge à la Patrie,
Qui, sous des étendarts de diverses couleurs,
Font honorablement le métier de voleurs ?
Ils ont fait, nous dit-on, le vœu de ne rien faire,
Le sacrifice est grand ; eh bien, qu'on les enterre ;
115. Je crois un Moine propre à faire un gros fumier,
Et j'en voudrois avoir cent dans mon légumier.
Pour la Religion n'est-il pas ridicule
De voir un grand Escroc grimpé sur une mule,
Aller de porte en porte & d'un ton patelin ,
120. Vous demander la bourse au nom de saint
	Guilain ?
Cette œuvre, qui chez eux passe pour méritoire,
Laisseroit très-souvent du vuide au Réfectoire,
S'ils ne faisoient trafic de Prédication,
De Messe, de Relique & d'Absolution.
125. Plus habiles cent fois que tous les Trismé-
	gistes ,
Un mot se change en or soufflé par ces Chimistes,
Pour tout genre de maux ces médecins d'oisons
Ont des remedes sûrs. Trois fois trois oraisons,
Par mystique calcul composent la neuvaine ;
130. Infusez-les dans l'eau de certaine fontaine,
Laissant tomber neuf fois de l'argent dans le tronc,
Pour fournir de chandelle au bienheureux Patron,
Par-là, vous disent-ils, il est indubitable,

Que

Que vous vous renderez le grand Saint favorable ;
135. Et comme en cour célefte il a baucoup d'accès,
Vous pouvez vous flatter du plus heureux fuccès.
Lecteur, vous le favez, tel eft fans hyperbole
Des pieux Charlatans le commun protocole ;
Je ne parlerai pas de ces colifichets,
140. Qu'ils donnent aux dévots pour de Saint of-
felets.
Il n'eft point dans le Ciel une ame fainte & pure,
Dont ils n'ayent l'étui, du moins la garniture,
Et la fête d'un Saint, fut-il Meffire Uftus,
A deux liards l'Evangile, y compris l'Oremus ;
145. Hé tout bien brédouillé, dans une matinée,
Leur produit de quoi vivre un demi-quart d'année.
L'ignorance du peuple eft pour eux un tréfor,
Sa fuperftition la clef du coffre-fort.
Oui, tout eft profané par ces ames profanes,
150. Qui du premier moteur fe difent les organes.
Et les Moines ont fait bien plus de libertins,
Que les Bayles, les Loks, les Orgers, les Latins.
Avant que faint François inventât la beface,
Avant que Loyola fufpendît fa cuiraffe,
155. Avant que faint Benoît eût fui dans les dé-
ferts,
Avant que Dominique eût mis l'Efpagne aux fers,
Avant que faint Bernard prêchât la fin du monde,

C

Tout n'alloit-il pas bien fur la machine ronde?
Si donc tout alloit bien, pefons quel eft le mieux;
160 Que nous a procuré l'état Religieux?
De prime abord je vois le fougueux Monachifme,
Defcendre du défert pour fomenter le fchifme,
Le faux zèle le guide, & l'orgueil le foutien;
Qui le méconnoîtroit à fon hardi maintien?
165. Il éleve la voix, & d'un ton de Prophête,
Qu'on écoute, dit il; du très-haut l'Interpréte;
Peuples, reconnaiffez celui-ci pour Pafteur,
Et chaffez celui-là comme un Ufurpateur.
Il dit, & fur le champ donnant lui-même exem-
        ple,
170. Un bâton à la main il courre vers le temple;
Le peuple fuit fes pas & bient-tôt en tout lieu,
Le fang coule par flots pour la gloire de Dieu.
Qu'on parcoure l'Hiftoire, on trouve en chaque
        plage
Des Moines furieux refpirants le carnage,
175. Allumer le flambeau de la fédition,
Et partout être Chefs de confpiration.
Eft-il un feul Royaume où les fils d'Euménides,
N'ayent enfanglantés leurs poignards homicides?
France, tu pleure encor la mort du Grand Henry,
180. Et tu frémis au nom de la faint Barthelemi.
C'étoit fait d'Albion, elle éclatoit en foudres,

Si l'on n'eût découvert & la meche & les poudres:
Un Moine avoit formé le complot odieux,
D'unir à certain jour la terre avec les Cieux.
185. Et toi, Lisbone, & toi, quel peut donc être
      l'astre
Qui te fait éprouver le plus affreux désastre?
Neptune & les Volcans conjurés contre toi,
Etonnent l'univers.....mais c'est peu.... de ton Roi
Je vois couler le sang. Quel monstre détestable
190. A pu porter ces coups? Est-ce un Moine,
      est-ce un Diable?
C'est l'ensemble des trois d'où sans doute est venu
L'animal formidable appellé tricornu.
Non, sans peines, enfin il est proscrit de France,
Et les jours de nos Rois seròient en assurance,
195. Si Thémis envoyoit le reste des Paters,
Prendre pour leur santé l'air natal aux Enfers.
Tant que nous souffriront chez nous les Mascarades,
Attendons-nous toujours à quelques Sérénades:
Un Cénobite oisif est capable de tout,
200. Et je m'y fierois moins qu'à l'homme le plus
      fou.
Si dame Oisiveté de tout vice est la mere,
Le Moine son époux en doit être le pere :
C'est la réfléxion de Monsieur mon Curé,
Bon, brave, bas-Norman, fin gourmet en poiré.

205. Les Couvents, selon lui, font des ménageries
D'animeaux élevés dans l'art des feigneries,
Qui par l'héureux talent de tromper nos ayeux,
Leur ont efcamoté les biens de leurs neveux:
Sans ceffe ils leur prêchoient que la rouille du crime,
210. S'enlévoit avec l'or comme avec une lime;
Que d'un Moine les fouets, les jeûnes, les vertus,
Appliqués aux méchants en faifoient des Elus.
La feffe d'un reclus mife en bœuf à la mode,
Sembloit à nos Gaulois pénitence commode;
215. Ils comptoient bien par-là préferver leur gi-
        got,
De l'appétit ftrident du feigneur Aftarot.
C'eft par femblables tours & par de tels manéges,
Qu'ils fe font faits donner biens, terres, priviléges,
Et que dans mon canton, féjour des malheureux,
220. Six Moines bien nourris font jeûner deux
        cens gueux.
C'eft, fi je ne me trompe, à ces tems de berlües,
Qu'on doit l'invention des portions congrues,
Par laquelle un Curé de cent écus dotté,
Obferve à leur acquit le vœu de pauvreté.
225. Moi je fuis dans le cas. D'un très-bon bénéfice,
J'ai les charges, le titre, avec le defferviçe,
Et Meffieux les Cagots par le plus grand abus,
Sans fatigües ni foins ont tous les revenus.

Qu'il pleuve, neige, vente, il furvient un malade,
230. Pour l'aller fecourir je quitte ma rafade,
Tandis que les caffarts fe donnant du bon tems,
Boivent à la fanté du pauvre combattant.
Heureux & trop heureux qui, dans fon voifinage,
N'a point de ces oifons de finiftre plumage,
235. Qui fourbes & manteurs, traîtres & envieux,
En vous affaffinant font au Ciel les doux yeux:
Tel fut le réfultat & la deuxologie,
Que tira mon Curé de fon apologie.
Tout Lecteur éclairé fera de fon avis,
240. Et dira comme lui: S'il n'étoit ni Dervis,
Ni Poux, ni Maltotiers, ni Puce, ni Punaife,
Hélas! que tout François dormiroit à fon aife!

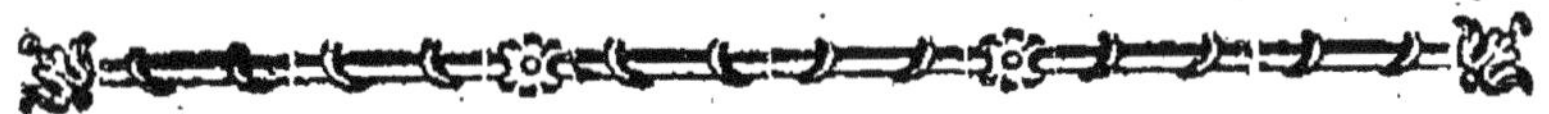

NOTES.

2. Vers. D'une crasse ignorance. *Dans les siecles d'ignorance les Moines étoient des savants , par la raison que dans le Royaume des aveugles , les borgnes font Rois. Une infinité de gens peu instruits partent de là pour dire qu'on a beaucoup d'obligation aux Moines. Sans déguiser leurs travaux , de quoi leur est-on redevable ? de quelques Commentaires , où selon la pensée d'un Auteur moderne , le sens commun garde l'incognito. C'est aux Libraires ruinés que j'appelle de cette obligation. Ils ont défriché des terreins incultes ? qui est-ce qui en a le profit ?*

5. Immortels Cénobites. *Les Naturalistes prétendent qu'il y a des animaux qui multiplient fans le concours d'un sexe différent. Ne feroit-ce point des Moines dont ils ont prétendu parler?*

10. Me traiter d'Hérétique. *Tout Écrivain qui parle contre les Moines est traité par ces*

Messieurs d'homme sans Religion : il a été un tems où l'on eût couru moins de risque à parler contre Dieu qu'à parler contr'eux. Aujourd'hui chacun sait à quoi s'en tenir sur leur compte. L'abus qu'ils font de leurs richesses immenses, la façon cavaliere dont ils traitent la Religion, l'intérêt sordide qui les anime, font autant de voix qui reclament leur destruction.

33. POUR s'en convaincre. *Les Légendes des Saints font vraies ou fausse. Si elles font fausses, on a tort de les donner pour vraies. Si elles font vraies, comment nos Moines ofent-ils se dire leurs Disciples ?*

46. Les superbes Palais. *L'on conserve précieusement & ridiculement à Clervaux la Grotte de saint Bernard, que l'on montre aux Étrangers. Cette Grotte rime, on ne peut mieux, avec le Palais de l'Abbé & des Moines.*

54. Que les Marquis tondus. *Le fils d'un Valet de charrue est d'une jolie figure ; auprès des Moines comme auprès de tous les hommes la beauté a été, est & sera toujours une lettre de recommandation. On s'intéresse à cet enfant,*

autant

autant quelquefois pour *sa* mere que pour lui, on lui fait *servir* des *Messes,* apprendre le Latin, à quinze ans il fait son Noviciat, à seize ses Vœux : pour peu qu'il ait d'intelligence on le met dans les charges dès qu'il est Prêtre ; & vous entendez dire à ce *Valet* métamorphosé en *Moine,* mes gardes ont chassé pour traiter mes Officiers. En général les Moines les plus impudents sont ceux qui sortent de la plus basse extraction.

67. Chaste à peu près. *L'humilité est une vertu beaucoup plus facile à pratiquer que la chasteté. L'une est conforme à la droite raison, l'autre est contraire aux loix de la nature. Pour être humble, il ne faut que prêter une oreille attentive à la raison, qui nous dit que les avantages de l'esprit, du corps, de la fortune, ne sont point notre ouvrage. Que nous pouvions naître dans la pauvreté comme dans l'opulence, contrefait comme bienfait, sans esprit comme avec de l'esprit. Mais pour être chaste, il faut sans cesse aller contre un torrent qui nous entraîne. Mille objets séduisants, nous disent que nous sommes faits pour eux, & qu'ils sont faits pour nous. Aussi n'ai-je jamais pu voir sans frémir des jeu-*

nes enfants de seize ans prononcer le vœu redoutable ? Supposons qu'un enfant en maillot eût la faculté de parler, il n'a point de dents, la bouillie lui paroît sa véritable nourriture, il fera si on le veut dans le tems le vœu de ne manger ni pain, ni viande, ni fruits. Les dents viennent avec l'âge ; les dents venues, son premier raisonnement sera de dire : Le Créateur a fait les fruits pour l'usage de l'homme, il m'a donné des dents pour les manger ; est-ce l'offenser que d'user de ses bienfaits ? Qu'on ne fasse des vœux qu'à l'âge de vingt-cinq ans, on les fera avec connoissance de cause, il y aura beaucoup moins de Prévaricateurs, & beaucoup plus de bons Moines.

87. Et l'aiguille aimantée. *Le beau sexe est l'aiman de la nature humaine.*

103. Ni peindre en quel état. *Je n'ai point voulu nommer le Corps auquel cette histoire appartient en propre, pour deux raison : La premiere, parce que j'ai lu dans la Civilité qu'il n'étoit point poli de montrer les gens au doigt : or nommer quelqu'un ou le montrer au doigt, c'est bonnet blanc, blanc bonnet : La seconde,*

c'eſt qu'il peut ſe trouver d'autres Corps qui pour-
roient revendiquer la même hiſtoire, comme en
étant les vrais propriétaires. Il ne convient pas
de faire tort à perſonne.

112. Font honorablement. On peut regarder
tous les Ordres rentés comme les troupes réglées
du Pape. Ils ont une bonne payè, & ſervent
très-mal. Pour tous les Mandians, ce ſont les
troupes légeres qui vivent de contributions. Au
ſcandale près, ce ſont de bonnes gens.

121. Cette œuvre qui chez eux. Les Moines
ſe font un mérite de la mendicité : ils s'imagi-
nent que demander la cariſlade au nom de Dieu,
eſt un acte qui honore infiniment la Divinité.
Saint Paul, les Apôtres, les premiers Solitai-
res vivoient du travail de leurs mains, & ga-
gnoient encore de quoi ſoulager les pauvres ; les
tems ſont changés, cette mode eſt paſſée, & leur
unique travail aujourd'hui eſt de dire des Meſſes
pour de l'argent. Dans certaines Egliſes ils ont
des Autels privilégiés, ou la Meſſe ſe paye
plus cherement, parce que ſans doute le ſaint
Sacrifice a ſur ces Autels plus de vertus que
ſur d'autres.

D 2

141. Il n'eſt point dans le Ciel. *Tout le monde ſait juſqu'où va l'abus des Reliques , & combien il y en a d'apocryphes. Tous les Moines en ont des magaſins , qu'ils expoſent de tems à autre à la vénération des Fideles , avec un Ecriteau à la porte qui annonce l'Indulgence pléniere. Le peuple qu'ils entretiennent dans l'ignorance , trouve bien plus aiſé de ſe confeſſer ſans ſe corriger , que de travailler ſérieuſement à la réforme de ſes mœurs ; & il a tant de foi aux Saints , qu'on voit journellement dans nos Egliſes ce même peuple rire & cauſer en préſence du Saint Sacrement expoſé , & faire très-dévotement ſa priere vis-à-vis une chaſſe dans laquelle eſt renfermée une Relique.*

151. Et les Moines ont fait. *L'on ne doit attribuer qu'aux Moines l'eſprit d'irreligion qui regne actuellement en France. Il y en a ſi peu de bons & tant de mauvais, ils font l'Office d'un air ſi diſſipé & ſi ſcandaleux , ils menent une vie ſi licentieuſe ; qu'ils donnent à penſer qu'ils ne croyent pas un mot de ce qu'ils nous prêchent. Ce ſont des Acteurs qui jouent leur rôle , & pourvu qu'ils emportent*

l'argent du Spectateur, le reste leur importe peu.

159. Si donc tout alloit bien. *Le Christianisme n'a jamais été à un plus haut degré de sainteté & de perfection que dans la primitive Eglise. Y avoit-il des Moines dans ce tems-là ? Non. L'époque de leur naissance est celle des troubles, des schismes, du fanatisme ; & le sang humain ne leur a jamais rien coûte dès qu'ils se sont crus intéressés à le rependre, pas même celui des Rois.*

199. Un Cénobite oisif. *Un quelqu'un a dit qu'il falloit se méfier d'une femme par-devant d'une mule par derriere, & d'un Moine de tous les côtés.*

207. Qui par l'heureux talent. *Nos bons Gaulois craignoient la grillade, & trouvoient qu'il étoit doux de se sauver pour de l'argent. Les Moines leur faisoient accroire qu'ils posséderoient dans le Ciel le centuple du terrein qu'il leur céderoient ici-bas. C'étoit apparemment fondé sur le droit d'échange, ces bonnes gens leur faisoient des dons considérables afin d'être en*

*Paradis de grands Propriétaire ; comme per-
sonne ne revenoit de l'autre monde se plaindre
d'avoir été attrapé, & que d'ailleurs tout Do-
nataire & Bienfaiteur étoit presque mis au rang
des Saints, c'étoit à qui donneroit le plus.*

220. Six Moines bien nourris. *Dans toutes Com-
munauté fondée, chaque Moine jouit au moins
de deux mille livres : est-ce là l'intention du
Fondateur ? & les richesses immenses qu'ils possè-
dent ne seroient-elles pas bien mieux placées
dans le sein des malheureux ?*

224. Observe à leur acquit. *C'est la pensée
d'un Curé, qui disoit un jour à un Moine :
Mon Pere, à nous deux nous ferions un bon
Religieux : vous avez fait vœu de pauvreté, &
je l'observe.*

*N'est-il pas ridicule que les Moines englou-
tissent tous les revenus des Cures, & cherchent
encore mille chicane à un Curé ? Dans tous les
Parlemens où les Curés ont des procès contre
les gros Décimateurs, les Curés sont presque
toujours sur la défiance contre ces animaux in-
satiables, qui ne disent jamais : nous en avons*

*aſſez. Ne ſeroit-il pas plus conforme à la rai-
ſon & à la Religion qu'un Curé, qui a toute
la peine & toutes les charges, jouît en entier
du revenu de ſa Cure, & que par la loi du Tal-
lion on mît tous les Moines à Portion con-
grue? Si, ſelon eux, cent écus ſuffiſent à un
Curé, pareille ſomme ne ſuffira-t-elle pas à des
gens qui ont fait vœu de pauvreté? Le Curé ne
ſera-t-il pas plus en état de ſoulager ſes pauvres,
& de vivre ſuivant la décence de ſon état?
L'on donne à un Evêque une Abbaye, parce
qu'il faut, dit-on, qu'il tienne ſon rang; à la
bonne heure, j'y conſens de tout mon cœur;
mais par la même raiſon le Curé doit le tenir
également, & le mépris que les Payſans ont
pour leur Curé ne vient d'ordinaire que de la
dépendance néceſſaire où ceux-ci ſont du Payſan.
Le Docteur Worner, dans ſon Appendix à
l'Hiſtoire Eccléſiaſtique, eſt ſurpris que ſur dix
mille Chapelles ou Egliſes qui peuvent être en
Angleterre, il y en ait ſix mille qui ont tout
au plus 40 livres ſterling de revenu. Il ſeroit
donc bien plus étonné ſi on lui démontroit qu'en
France il y a plus de quinze mille Cures dont
le revenu va tout au plus à 16 livres ſterling,
ſur leſquelles 16 livres un Curé eſt obligé de*

payer *ſes Décimes , un Domeſtique , de faire
les réparations de ſon Presbitere, & de donner
l'aumône à ſes Paroiſſiens.*

F I N.